道草びより

杉浦さやか

祥伝社黄金文庫

ブックデザイン…中島寛子

道草のたのしみ

駅前のカフェで打ち合わせをおえた帰り道。
ああ、いい天気！
こんな日は仕事する気になれないなぁ。
ゆっくりした速度で、昼下がりの商店街を進みます。
書店で気になる雑誌を立ち読み。
角のソーセージ屋さんで、
朝ごはん用においしいハムを物色。
大好きな古物屋さんにも吸い込まれ、
リボンのついたストローハットを買いました。
花屋さんの前を通りかかると、
水草が浮かんだ鉢が涼しげに並んでいます。
ひと株買っていこうかな。

こんなふうにたっぷり道草を食って帰れる日は、
そうめったにありません。
目的地から目的地まで
あたふたと用事をこなす毎日の中で、
時間にも心にも余裕があるときだけのお楽しみ。
特別なお出かけよりなにより、
日常の中の道草が、一番贅沢《ぜいたく》な気がします。

では忙しい日々は道草を食わないかというと、
全然そうではありません。
お出かけの誘いに、もうすぐおわる展覧会、
友達と食べるごはん。
仕事の打ち合わせのあと、事務所の冷蔵庫から出てきた
缶ビール一本分の無駄ばなし。

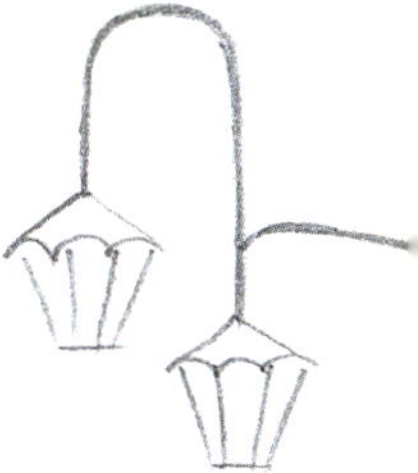

まっすぐ帰って仕事をするべきところを
「お楽しみがなくてなんの人生？」
なんて大げさに自分に言い聞かせ、
ついあちこちに首を突っ込む。
たとえあとで締切り地獄の、
痛い目にあっても。
本文の中でも何度か忙しさを嘆いているけど、
すべてはこの道草のせい。
でも、目的地をめざす以外の「寄り道」こそが、
一番の心の栄養になると思うのです。
楽しいことも苦しいことも、
全部含めて。

そんな道草の中で見つけた小さな出来事を
つらつらと描き続けています。

もくじ

SUMMER & AUTUMN 2008

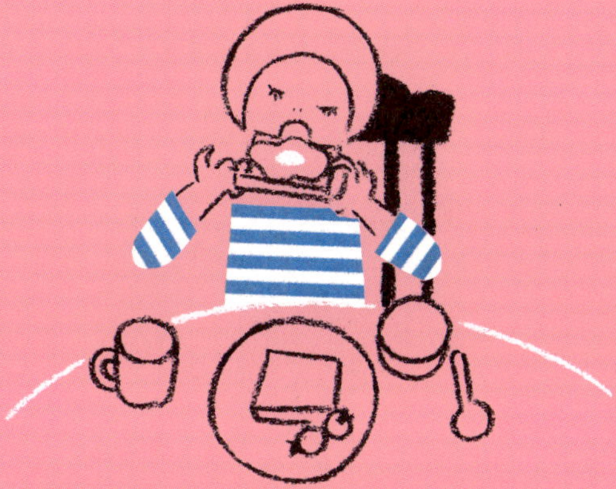

かわいいおじさん

ミスマッチの妙ですね…

9. JUNE. 2008

ご多分にもれず、私はギャップに弱い。男女問わず、愛らしいギャップを見つけると、それだけで好きになってしまいます。例えば、おじさんと「かわいい」の組み合わせ。もちろん、狙っている「かわいい」はダメ。自分の意思とは別のところで、偶然かわいくなってしまったというのがよいのです。先日棚の戸を割ってしまい、ガラス屋さんを呼びました。やってきたのは、実直そうな60代後半の職人さん。そのおじさんが、メジャーや道具を取り出したカバンは……京都の「一澤帆布《いちざわはんぷ》」。わぁ、ここのって、こんなにかわいかったっけ。「ステキなカバンですね」と声をかけると、照れながら、でもすごくうれしそうな顔で「息子がプレゼントしてくれたんだよね」と教えてくれました。それはかわいい光景でした。

Irma
＊デンマークのスーパー「イヤマ」のキャラクター。雑貨好きに大人気。

イベントでお会いした
あるミュージシャン
（40代）
一見コワモテだけど、肩からは
＊イヤマちゃんトートが！
これ、女の子にほめられるんだよね…
…たまたま家にあったそう。
職人のおじさん
（60代）
S社の杉浦担当の
編集氏（40代）
サイン会でエプロン
着用をお願いしたら、
息子くんとおそろいの
「アンパンマン エプロン」…！
普段は真面目そのものなの。

こけしの里で

23. JUNE. 2008

毎年9月上旬に行われる宮城・鳴子《なるこ》温泉の「全国こけし祭り」。著書『週末ジャパンツアー』で描かせてもらったことが縁で、今年のお祭りに向けて“こけしマップ”を作ることになりました。鳴子温泉にあるこけし工房を25カ所まわり、工人さんたちを取材。前回かわいいおじさんについて描きましたが、私の理想のおじさん像は、ここ鳴子にありました！　さまざまなタイプの工人さんがいて実におもしろかったのですが、共通しているのは……シャイで控えめだけど、とってもやさしい。笑顔がステキ。家族を大切にしている。不器用そうな男たちが、いかに“めんこい”こけしを作るか、をテーマに仕事にかけているところも最高だ。東北のおじさん、おじいちゃんに、理想の男性像を見た私でした。

真剣に絵付け中！
でも、頭にはこけしの顔…
(手ぬぐいの柄)。

駅の案内所に鎮座する、交通安全こけし「まもるくん」。作者はキュートなおじいちゃん。
まもるくん
よしこちゃん
永遠のプラモ少年のような工人さん。温泉のせいか、バラ色のほお。
ドアの取っ手がこけし!
山道をハイキングしてたら、Uターンしてきてくれて…
乗ってくかい
御歳84の工人さん

おばあちゃんの絵

7. JULY. 2008

私も母も大好きな画家、丸木スマの大きな展覧会が開かれました。70歳を過ぎてから初めて絵筆をとったスマおばあちゃんの絵は、ひたすら自由。ユーモラスな表情の、猫とも犬ともつかない動物たちに、思わず笑みがこぼれます。最初は母と、「なんでこんな色を使えるんだろう」などと話しながら見ていたのが、次第にお互い、絵の世界に集中していきました。遠近法や色彩、美術の決まりごとなど軽く飛び越え、そこには絵を描くことへの単純な、大きなよろこびがあふれていました。人生をがむしゃらに生きてきたスマさんが、あらためてまわりの自然や生に目を向け、そのおもしろさや、いとおしさに夢中になっていく姿が、まざまざと浮かびます。魂を揺さぶられすぎて、見おわるころにはぐったり。「ああ、私も絵を描くの、大好きだ」と思いを新たにさせてくれました。

『丸木スマ画集 花と人と生きものたち』
丸木位里・丸木俊編（小学館）3,800円

図録の表紙になった
『簪（かんざし）』の
前では
思わず…

息子夫婦である画家の丸木位里・俊（俊さんも大好き）編集の画集がおすすめ。

個人蔵の絵が何点か
掛け軸に仕立てられて
いて、それがまたステキだった。

この日おしゃれ
だった母。
全身リサイクル品
だけど…。
（リサイクルショップ命）

1000円ワンピ。

プチ・コスプレ

22. JULY. 2008

大好きなアクセサリー作家さんの展示会へ。普段は別々に活動している二人が、特別にユニット"シスターシャ"を結成。うきうきしながら出かけると、ロシア風のファッションでキメたお二人が出迎えてくれました。うわぁ、かわいい！　何度かこのコラムでも描いたけど、私はコスプレが好き。といっても、「本気」なものじゃなく、なんちゃってコスプレに限ります。パーティーやイベントでそれ風に取り入れて、特別なおしゃれをするのは最高に楽しい。新刊のサイン会がもうすぐあるのだけど、なにかいいコスプレ案はないものか……。前作のときは引っ越しがテーマだったから"引っ越しルック"。新刊はこの連載をまとめた本なので、具体的なテーマを決めようがないのが、悩み。

ハバロフスク生まれのロシア人姉妹だそう…
rico
HANNAH
とびきりキュートでユニークな、HANNAHのブローチ。
ビニールのレースクロスを染めた台紙もカワイイ！
ロマンチックでガーリーなricoのピンブローチ

下町さんぽ

4. AUGUST. 2008

出産をひかえた友達Tちゃんに会いに、曳舟《ひきふね》へ。彼女の住む「鳩《はと》の街《まち》商店街」は、戦中戦後と色街として栄えたエリア。細い路地に、“カフェー”の面影を残した建物、古い個人商店がのんびり並び、昭和の薫《かお》りが色濃く漂います。Tちゃんは出産を機に実家近くに引っ越すのだけど、こんなノスタルジックな場所で過ごした1年間の新婚生活……なんだか映画に出てきそうだなぁ。激励をしてTちゃんとわかれた後は、同行の友達と電車に乗って近くの立石《たていし》へ。オープンエアの飲み屋や総菜屋が並ぶすてきなアーケードがあるというので、一杯飲んで帰りました。おなかはあまりすいていなかったのだけど、渋い立ち食いのお寿司屋さんで5、6貫つまんで、ビールをグビグビ。昭和にどっぷりつかった、楽しい一日でした。

コッペパン専門店「ハトヤ」で
懐かしい味を
お持ち帰り。

往時の
雰囲気を残す、
風情たっぷりの
路地。
1週間後に
無事男児を出産！

満員の店内、肩を並べて
すしを食う。
平目200円。
安くてうまい！

今年の浴衣

25. AUGUST. 2008

前々回、「どうしよう」と悩んでいたサイン会のコスプレ。結局浴衣で落ち着きました（コスプレか?）。この連載をまとめた新刊『よくばりな毎日』の中に、浴衣の話が出てくるから。浴衣は新調しない代わりに、浅草に帯を買いに行きました。気分を変えたかったので、個性的でモダンな柄がイメージ。最初は古着で探したのだけど、なかなかピンとくるものがない。あきらめかけたとき、ふらりと入った小さな呉服屋さんで、デッドストックのいいものが見つかりました。毎年、浴衣に袖を通すようになって4年。最初の年はガチガチの着こなしだったのが、少し小物で遊ぶ余裕も出てきたかな。これからも、この連載の夏のおわりの、恒例ネタにしていきたいなぁ。

同じく浅草「ふじ屋」で
見つけた馬の手ぬぐいで、汗をふきふきサイン会!

新人編集嬢、担当編集氏との
浴衣トリオ☆
片方だけ、ピアスをしてみました。
顔、ちっちぇーな…（14歳下！）→
リバーシブル帯。チェックのほうをしめるつもりが、少しボケてしまうので、急きょこちらがわに変更。
3800円
…ハワイで買ったラフィアのきんちゃく
カワイイ！ピンクの千鳥柄♡
落語をたしなむ担当氏は、こなれた着こなし。ちょっと"旅館の休日"風…。

30代って…

8. SEPTEMBER. 2008

この号が出るころ、私は37歳になっています。37歳……かなり立派な年齢です。最近、「30歳からの生き方」がテーマのインタビュー依頼がくるようになりました。先日も、ある女性誌の「30歳なんて怖くない」的なインタビューを受けたところ。そうそう、私も30代になるのが心底恐ろしかった。「30代になると楽になる」ってよく耳にする言葉です。私は、楽ではなかったなぁ。20代をあまりにふわふわと過ごしていたぶん、修業（?）をすることも多かった。でも、修業って悪くないものです。少なくとも、なんにも考えていなかった20代より、人生がにわかにおもしろくなった。悩んで迷ってもがいたぶん、少しのよろこびを、ありがたく感じられるようになった気がします。年をとることを、自然に受け入れられる、かっこいい女性になりたいものです。

娘・37歳。独身。
母の世代と
比べると、「若い」
けど「幼い」なぁ。
飲んで遊んで、
学生のころと
あまり
変わらない…。
これからです、
これから！
最近やせて
きれいになった
母。このころより
イケてるかも。
だって子育てに
必死だったもん
母・37歳。
中2をかしらに
3人の子持ち。
姉
私・小2
兄・小4
お正月のおめかし。自分の、姉の、
私のと、服は母の手作り…！

銀座の行列

22. SEPTEMBER. 2008

とうとう銀座に1号店がオープンした、「H&M」。旅先でロゴを見かけたら、入らずにはいられないお気に入りのショップです。まんまと、オープン日の5000人の行列の中におりました。お店に着いたのは、開店1時間前。「(限定500枚の)Tシャツはもらえるよ〜」なんて言っていた私がバカでした。なめてたよ、H&M！　カンカン照りの日で、友達は「帰りたい……」と半泣き。でも、並んでいるだけでこの秋なにが流行《はや》るのか学習できて（キメキメの人も多かった)、けっこう楽しめました。2時間ちょっとの待ち時間で、無事入店。この日、最大4時間待った人もいたのだとか！大混雑の店内で、3時間たっぷり堪能したのでした。11月の原宿2号店オープンにも、並んでたりして……？

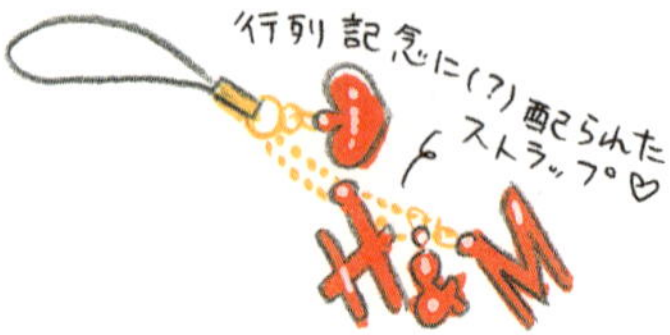

日傘が配られたのは
ありがたかった〜。黒い傘の花が
咲いた、銀座通り。
この異様な熱気を
体験できただけでも
おもしろかった。
銀座だからか、
かなりシックなライン。
原宿店も楽しみ！
ハイウェスト・トレンチ
15,990円
ロングシャツ
7,990円
ポケット付きニット5,490円
ゆりと高めのものばかりを購入。小さめジャケットは4,990円でゲット☆

みそ汁記念日

6. OCTOBER. 2008

みそ汁作り歴、21年。姉がそうであったように、私も高校生になった16の時から、朝ごはんを作る仕事を母に与えられたのです。とはいっても、いつも遅刻ぎりぎりで、ものすごく適当な内容。父や兄から、すこぶる評判の悪い朝食当番でした。その時から実は、一度も自分でだしをとったことのなかった私。母はにぼしだしをとっていたけど、私は粉末だしオンリー。そのことをさらっと口にしたら、うちの隣の料理上手の奥さんに「それを素直に言うって、すごい」と変な感心をされてしまいました……。で、とりはじめましたよ！　お隣さんおすすめのかつお節を使って。もちろん味も違うし、「ちゃんとしてる自分」（普通か？）に毎日うっとり。みそ汁作りが、格段に楽しくなった今日このごろです。

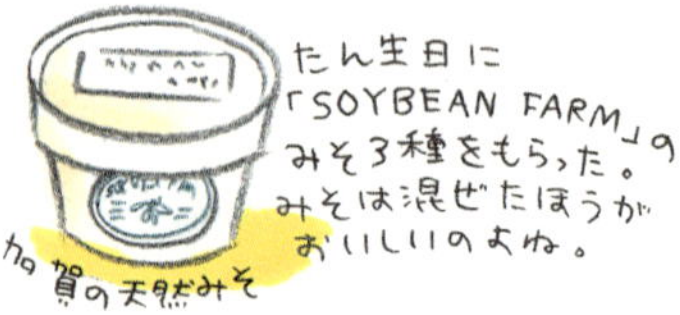

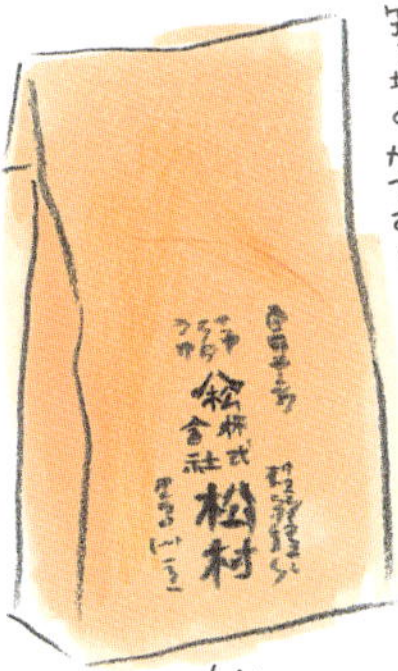

築地のかつお節問屋「松村」の。

いいものを使えば、
必ずおいしくとれるそう。

2番だしはとらずに、細かく切って
しょうゆでいって、ふりかけにしてる。

具だくさん好き♡

本日は白菜、じゃがいも、油あげ。
こんぶも細かく切って、
みょうがをトッピング。

一通の手紙

20. OCTOBER. 2008

今年でデビュー15周年を迎えました。出した本も15冊ときりがいいところへ、雑誌*で特集を組んでもらうことに。そんなわけで、絵を描きはじめた子どものころからを振り返る日々。実家から送ってもらった、学生時代の作品を編集さんと見ていたとき、一通の手紙が出てきました。教授あてに、20歳の私が書いたその手紙には、「将来イラストエッセーを描く人になりたい」と書かれていました。「おお、ドリームズ・カム・トゥルーだ！」なんて照れ隠しに言っていたけど、かなり感動していました。私は美術の成績はずっと3だったし、大人にほめられたことも一切なかった。ただ「好き」という強い気持ちと、人との出会いと縁でここまでこられたのです。あらためて、奇跡に近いそのことのありがたさをかみ締め、ふんどしを締め直した数カ月でした。

*『MOE』(白泉社) 2008年12月号

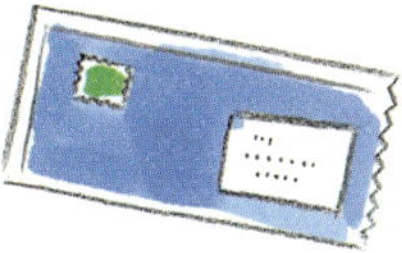

また、未来の自分に、
将来の夢を
書いてみようかしら。

寺町通りにて

4. NOVEMBER. 2008

雑誌の取材で1泊2日で京都に行きました。絵本のルーツをたどる取材で、博物館で絵巻物を見たり、顔料のお店に行ったりと、少々堅いながらも興味深い内容。1日目の最後の取材は、寺町通りの「紙司柿本《かみつかさかきもと》」。1845年創業の紙の専門店です。日本全国の和紙を使った紙雑貨や、美しい千代紙などが並びます。京都、東京の「鳩居堂《きゆうきよどう》」など、老舗の和便せんを愛用しているのですが、ここでもとっておきの一品を手に入れてホクホク。取材終了後は、ほんの短い時間、そぞろ歩きを楽しみました。京都市役所裏手の寺町通りは、老舗焼き菓子店「村上開新堂《むらかみかいしんどう》」やお茶屋さん「一保堂茶舗《いつぽどうさほ》」、渋いテーラーなど、ステキなお店が並ぶ魅力的なエリア。仕事のすきまのこんな限られたお散歩も、濃厚で楽しいもの。

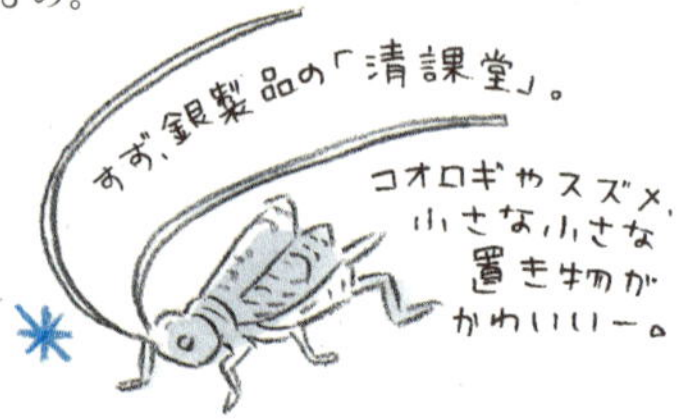
すず、銀製品の「清課堂」。
コオロギやスズメ、小さな小さな置き物がかわいいー。

1907年創業の
「村上開新堂」。

味も形も
素朴な
"ロシアケーキ"

1枚189円
と

東寺の
「幸運の朱馬箋」

ワンポイントが
いい感じ♡
ちょこちょこ絵も
描きたいから、
これくらいシンプルなのが好き。

COLUMN 1

おじいちゃんの朝ごはん

うちの実家の朝ごはんは、ごはんにみそ汁、目玉焼きとつけ合わせの野菜。高校３年間の朝ごはん作りで、なんとか料理の基礎は身に付きました。でも、実家を出てからは、朝はずっとパン派。

母方の祖母の家は和風だったけど、父方はパンの朝ごはんでした。夏と冬、十何年も通ったけどずっと同じメニュー。トースト、目玉焼きにちょっとした野菜、プロセスチーズ、それにホットミルク。なんだかしゃれたメニューだけど、食べるのはこたつ、おばあちゃんがぺこぺこの片手鍋であたためる牛乳は火鉢の上。そのミスマッチも強烈だったけど、自分のうちとは全然違うメニューに、胸が躍ったものです。

おじいちゃんはいつも目玉焼きをトーストにのせ、チーズもはさんでふたつに折りまげて食べていました。普段は寡黙なのに、でたらめな“おじいちゃん語”を突如しゃべり出して（例：「うぃあっぽんぽん　どこちん　どこちん」←意味不明）笑わせてくれたり、毎年ふとんで「桃太郎」の話をしてくれたり（「何度も聞いたよ」とツッコんでもやめない）、お茶目な人だった。目玉焼きのせトーストは、そんなおじいちゃんのまね。私が16の時になくなってしまったけど、今もこうやって影響が残ってるのが、なんだかうれしい。

WINTER & SPRING 2008 - 2009

朝の散歩

17. NOVEMBER. 2008

しめきり祭りがおわり、久しぶりに実家に顔を出しました。母は毎朝5時すぎに起きて、ウォーキングに出かけます。ぐるっと町を一周して、1時間半ほどの行程。一度ついていったことがあるのだけど、情けないことに途中で気持ちが悪くなってしまった。それ以来実家に帰っても、私はふとんでぬくぬく、朝寝坊を決め込んでいます。さて、散歩から戻った母は、なぜか落ち葉をたくさん手にしていました。それを新聞紙に広げ、一日中椅子の上に置いておくのだそう。色とりどりできれいなのが、うれしいんだって。母のこういうところが好きだなぁ、と思いました。父が亡くなって、広いうちにひとり住まいになっても、たくましく、自分からどんどん楽しみを見つけて暮らす母。私もいつか、そんな「ひとり上手」な大人になれるかな。

母との早朝散歩は唯一、
初日の出のとき。
父が亡くなってからの行事で、
今度で3回目。
うちのそばに遊水池があって、そこから見事なご来光を眺める。
ものすごーく寒い！
カイロ
熱いお茶を入れたポット
義兄
おいっ子
私
母

ひとり新幹線

1. DECEMBER. 2008

ひとりで新幹線に乗るのが好きです。何人かでわいわい乗ることが多いけど、今年は仕事でひとりの機会が多かった。東京駅に着いたら、改札手前の駅弁コーナーへ。去年あたりから、選ぶのはもっぱら深川《ふかがわ》めし。前はいろいろ入ったコッテリ弁当が好きで、深川めしオンリーの母に「そんな地味なもん……」なんて言っていたのにな。ある“ひとり新幹線”のとき、ふと思いつきで買ってみたらとってもおいしかったのだ。帰りはもちろん、ご当地駅弁とビール。列車が動き出すと、車内のあちこちに響く「プシュ」という音。取材はたいてい平日だから、出張帰りのおじさまたちのプルタブの合唱に、心の中で「お疲れさま！」と思わずにんまり。あとはたいがい、寝るだけなんだけどね。しばらくごぶさたの富士山も、久しぶりに見たいものです。

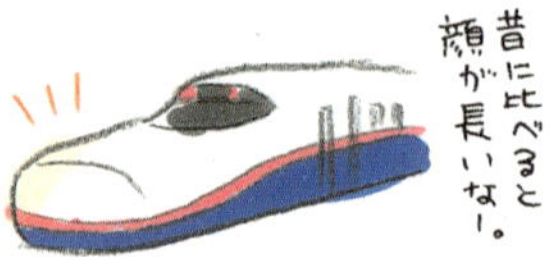

the 深川めし
深川めし
あさりごはん
のり
ハゼの煮物
焼き穴子
ナスと大根の漬け物、油揚げの煮物

新幹線＊ちょっとイイ話
富士山は見れないが、東北新幹線びいき。コーヒーがおいしかったし、検札がないから!!
フウ…
服にジュースをこぼして泣いてたら、車掌さんが一緒に洗ってくれた思い出が。
どうしたの？
タブン4歳

きらきら大パーティー★

18. DECEMBER. 2008

取材で訪れた長崎県佐世保《させぼ》市。一日半の滞在で、この街が大好きになった要因が「きらきらチャリティ大パーティ」。佐世保の冬のお祭り「きらきらフェスティバル」のメインイベントです。開催日に偶然ぶつかり、はりきって参戦！　直線距離では日本一長いといわれる約1kmのアーケード、その中央に長テーブルがずらりと並びます。グループごとに買い取られたテーブルには、おでん鍋やおすしが並び、ちょっとお花見っぽい。市長の乾杯の音頭で、3200人の長い長いパーティーのはじまり。かなりの盛り上がりを見せるこの会、1時間限定なのがまたいい。終わったらあっという間に撤収、それぞれ2次会へとなだれ込みます。快く仲間に入れてくれるオープンマインドな佐世保っ子と、粋な大人の遊びに、すっかりやられた夜でした。

乾杯のあとは、
一斉に
風船を飛ばす。
気分はアゲアゲ。

会社やお店など、同僚グループが多いみたい。参加費を払うと、三角帽と風船、ビールがもらえる。
個人でも2000円で参加可能。
おじさん、にいさん、みんな三角帽が似合ってる。楽しそう！

佐世保のおでんは牛すじと煮込む。うまい。
テイクアウトした佐世保バーガーもパクリ。
大好物♡

今年の私は…

13. JANUARY. 2009

みなさんは新年に、一年の計を立てましたか？　私は毎年、元旦に十か条ほどの目標を掲げます。今年の目標はただひとつ、「自分メンテナンス」！　昨年は息つくひまもないほど仕事や遊びに精を出し、まさに「駆け抜けた」一年。おかげで、生活リズムは崩れる一方でした。早寝早起き。体にやさしいごはんを作って、食べる。運動をする。計画的に仕事をすすめる。まるで、夏休みの小学生の計画のよう。2008年はバタバタしながらも、自分の内面と向き合う時間が多かった。2009年は土台を整えた上で、昨年考えたことをしっかり形にしてゆきたいのです。……なんて書いているただいまの時刻、午前3時。だ、大丈夫、一年のはじまりは節分、という説もあります。すでにつまずいちゃった人も、共に誓い直しましょう！

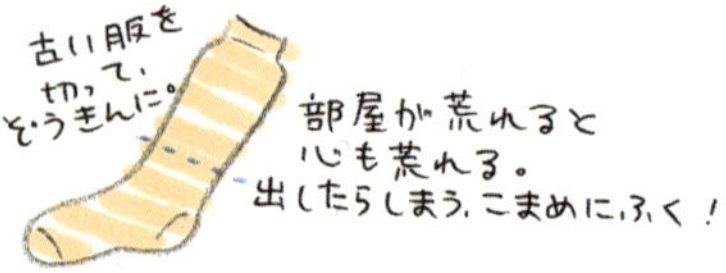
古い服を
切って、
ぞうきんに。
部屋が荒れると
心も荒れる。
出したらしまう、こまめにふく！

2008
ずっと風邪気味
この格好で宅急便も受け取る
デビュー15年以来最大のしめきり祭りを迎えた秋以降、大よれよれ期突入！
2009
家にこもる日も、小ぎれいにネ。
あまり着てない服を室内着にして…
1時間の資料整理から、仕事スタート
たまりまくってますの…
そのころから絶筆状態だった日記も、復活。
鉛筆で描いて、水彩で色づけ。

うれしい
チョコレート

26. JANUARY. 2009

バレンタインデーで今までで一番がんばったのは、高校生のとき。初めて"彼氏"にあげるのに、手作りのクッキーに、パッケージもカードも手作りして、ものすごい気合の入れようでした。あんなのは、あとにも先にもあれっきり。義理チョコもほとんどあげたことがありません。会社勤めの方は、義理チョコの配布が大変そうですね……。イベントに便乗して、女の子同士で交換するのも楽しいもの。あんまりかわいらしいのは、男性にあげられないからね。ちょっとしたプレゼントに、ときどきチョコレートをくれる友達がいます。彼女が去年のバレンタインにくれた犬のチョコクッキーは、とびきりかわいかった！　今年は、私も友達に配ろうかな。

思ひ出のバレンタイン・ギフト
TO
Sayaka
無地の缶に、リキテックスでお絵描き。

プレゼントの達人

New Year's Greeting

今年のお年賀には牛チョコを。薄紙で作ったおリボンつき！

フェアトレードの「People Tree」の。

Easter

イースターには「GODIVA」のひよこチョコ♡

St. Valentine's day

兵庫「CARAT」の犬チョコクッキー。
つぶらなお目目がかわいすぎる～。

のり巻きパーティー

以前、料理上手の友達が作ったものは見事だった…。

9. FEBRUARY. 2009

今年の節分に、はじめて恵方《えほう》巻きの会をしました。そこで、はじめて作ったのり巻き。みんなで買い出しした具をテーブルに並べ、それぞれ好きな組み合わせで“マイのり巻き”を製作。私は切るとお花の絵ができるものに挑戦。「イラストレーターだし（?）、チョロいチョロい」となめてかかったら、けっこうな難しさだった！　あせって作ったものだから、ちゃんと形になりませんでした。くやしい。切った断面を悲しく披露したところ、「恵方巻きは切っちゃダメなんだよ」との指摘を受けました。そうなのかぁ。そこで丸かぶり用に、もう１本製作。今年の吉方、東北東の壁を向き、無言で一心不乱に食べ切りました。心の中で、お願いごとをつぶやきながら。絵ののり巻きには、またリベンジをかけたい。ひなまつりパーティーにも、ぴったりだしね。

酢めしに2本の土手を
作り、溝に具をしく。
上からのりをかぶせ、
野沢菜をのせて巻く。

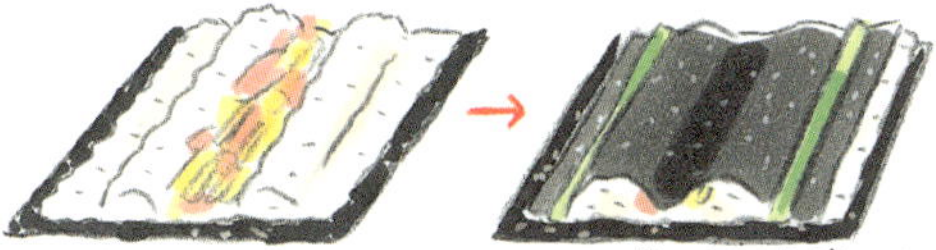

＊のり巻きのレシピはネットでたくさん見つかります。

理想
現実

友達は大輪の花に
挑戦。サーモンを
卵で巻いたものを、
酢めしとのりで巻く。

ガサツな人は
要注意！

ちょっとずれたけど、
花に見える！
丁寧に作ってたもんネ。

22年後

23. FEBRUARY. 2009

最近一番興奮したこと。それは、はじめての中学校の同窓会。しかも学年全体なので、かなり大がかりな会。私は友達に誘われて、幹事チームに参加しました。母や友達のつてをたどって、不明者を捜索。みんなの努力のかいあって、集まった卒業生は100人を超えました。3分の1近い人数が集まったのだから、立派なもの。個人的に会っていた子はいても、ほとんどが22年ぶりの再会だったので、興奮しすぎてひきつけを起こしそうでした。当時は言葉を交わせなかった、好きだった男子や怖かった番長とも話せて、おもしろい時間だったなぁ。後日、中3時代のなかよしグループでも食事会を開催。15歳の1年間、同じ教室で過ごしただけなのに、スッと変わらずになかよく盛り上がれる。あのころのつながりって本当に不思議。大事にしたい縁です。

看板も担当しました。制服姿の男子、女子を1枚ずつ。

ああ、こんな日が来ようとは。
←つき合ってた→
…よっぱらってる
つき合ったといっても…お互いの手紙を、直接会って交換するだけ！…を3カ月♡

ちょっぴりイキがっていた中3時代。
軒並みぽっちゃりした男子に比べ、女子はみんなキレイにしてて、えらいぞ37歳！
「文化屋雑貨店」のヘンなブローチ
通称「大中」のゴキブリバッグ
修学旅行、まっ白なくつしたの中、ひとりハデ柄でブイブイ。まったく荒れていない、平和な中学でした。

休息スープ

9. MARCH. 2009

「最近野菜不足だな」と感じるときや、外食や飲みが続いて胃腸が疲れているとき。大きな鍋をひっぱり出して、野菜をじゃんじゃんほうり込み、スープを作ります。それで2、3日、スープをメインに食事をとるのです。胃腸を休ませるほかに、ちょっと体重が増えてしまったときもこのスープの出番。その際は炭水化物も取らずに、ひたすらスープだけをおなかいっぱいになるまで飲みます。そしてスープ・ウイークの最後に楽しみにしているのが、カレーライス。具を多めにとっておいたスープに、カレールーを入れるだけで、とびきりおいしいカレーになるのです。野菜のだしがしっかり出た、やさしい味のカレー。これをどうしても食べたくなってしまうので、ダイエットにはあまり効きめがないのだけど。

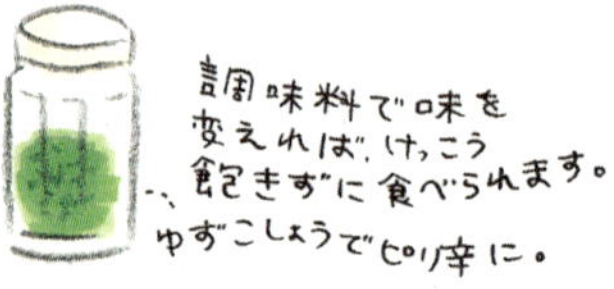
調味料で味を
変えれば、けっこう
飽きずに食べられます。
ゆずこしょうでピリ辛に。

お肉を入れないと味がぼけるので、鶏手羽を投入。骨からダシも出て、一石二鳥。
最後においしい塩をパラリ。ああ、体にしみわたる〜
鶏と野菜で十分おいしいので、コンソメは少なめでOK。
あとはその時々の季節の野菜をたっぷり入れて、煮こむだけ！
キノコ類
新じゃがは皮ごと
キャベツのおいしい季節です。
セロリ
タマネギ
トマト
にんじん

ずきんナイト

23. MARCH. 2009

3月に個展を開きました。新作絵本『あかずきん』の原画をメインに、“ずきんの女の子”の新作イラストを加えた展覧会。ということで、オープニングパーティーも「ずきん」がドレスコード。その旨をDMに書いた時点で、「お客さんが減るかも……」なんて覚悟をしていたんだけど、当日は大勢のずきんっ子が大集結してくれました。女子も男子もそれぞれのスタイルで、会場中に咲くずきんの花。1枚布をかぶっただけ、それだけで日常から抜け出して、ワクワクと華やいだ気分でいっぱいになりました。ドレスコード遊び、当分やめられそうにありません。

ひげとずきん
男子のずきん姿、
おもしろかった…。
←売れっ子
イラストレーター(47)

ずきんホスト
プレゼントのクッキー・ネックレス
胸の下まで上げたスカート＋ボレロ。
イヤがってる
赤ちゃんもずきん♡
手づくりずきん
ずきんもプレゼントもお手製！カゴ型のカードを拡大コピーして、段ボールに貼った"あかずきんバスケット"。ハリネズミのパンやお花をセットして。
「火垂るの墓」とからかった、オシャレずきん。
一番あかずきんぽかった。

小さな買い物

6. APRIL. 2009

ここのところいろいろあって、落ち込むこともしばしば。そんなある日、どうせ仕事もはかどらないので、夜に、えいやっとお出かけしました。仕事を終えた友達と新宿で待ち合わせて、ショップ閉店前の1時間だけ、春ものを物色。この春はマリンテイスト一色だなぁ。あまり身が入らず、洋服は買えませんでした。買ったのは、口紅だけ。通りがかった店先に、びっしり並んだ小さな宝石箱。それは、リップグロスやアイシャドーのケースでした。お店はイギリスのコスメブランド「B」*。好きなケースを選び、いつもと違う色合いの口紅と、リップグロスを買いました。ほんのちょっとした買い物で、気持ちも少し上向きに。こんなふうに気分が華やぐものを買ったり、髪形を変えたり。軽く落ち込んでいるときは、自分のために小さな投資をするのが、いいのかもしれません。

* 現在日本での販売は終了。

リップカラー
金ぱくを混ぜる
アイシャドーのケースもこんな♡
ケースはインドで手作りされたフェアトレード製品。
敬遠していたグロスは、テカリ少なめ。
私の口紅入れは「チチカカ」のポーチ。
ショップにて、会社帰りのOLさんのスキのないきれいさにびっくり。
外で化粧直ししたこと、ほとんどナシ。←
えらい〜

初恋ものがたり

20. APRIL. 2009

初恋をテーマにしたグループ展*に参加しました。イラストレーター、雑貨作家、ミュージシャン、37組のアーティストがそれぞれの「初恋」を作品に仕上げました。横には恋のエピソードもちょこんと添えて。その37通りの甘ずっぱいドラマに、胸がいっぱいになりました。私は19歳のころの恋愛をテーマにしたけれど、もちろん淡い初恋はもっと前。小1から、転校する4年生まで同じクラスだったMくん。いつも一緒に笑い転げていた、ひょうきん者のMくんが好きだった。転校してから、そのMくんからもらった1通の手紙。自分やクラスの近況を報告する手紙の最後は、「ぼくの大好きな杉浦さんへ」と締めくくられていました。それまでうれしく読んでいたのに、急に何とも言えない嫌な気持ちになって、返事も出さなかったっけ。幼いころの、あの気持ちってなんだったんだろう。そんなことを、懐かしく思い出したりしました。

転校する時にMくんがくれた、手づくりのまこと虫（まんが『まことちゃん』のキャラクター）のマスコット。

出雲大社の"赤い糸"が縫いこまれた初恋守りも販売。

初恋展ではスケートデートの思い出を描きました。
エピソードはスケート靴形のカードに。・・・・

ゴリラの顔まねをすると、よろこんでくれたMくんでした。

料理創作ユニット・Gomaによる"初恋喫茶"なんて楽しい企画も！

＊書籍化されました。『初恋BOOK』(mille books)

COLUMN 2

初恋の失恋

春の初恋展に対して、秋には失恋展も開かれました。私は初恋展と同じ人への失恋を描いたので、かなり本気の失恋話。

わかれ話になかなか「うん」と言えなかった、大学4年の夏休み。ある日、クラスの仲間5人と海へ出かけました。たくさん笑って、夕方の海を眺めていたら、急に「もう、いいや」って思えてきた。砂浜にこっそり名前を書くと、波がさぁっとやってきて、文字をさらっていきました。もやもやした気持ちが、少しスッとしたみたい。「我ながら、はずかしいことしてるな」 苦笑していたら、うしろから友達に「○○（彼）とか書いてたりして」と、図星をつかれたっけ。

海から帰ってすぐに、電話をかけました。急に冷静になった私に、少し驚いていた彼。「やさしくできなくてごめんね」とあやまると、「誰よりもやさしくしてくれたよ」と思いがけない言葉が返ってきました。やさしくなんて、絶対なかった。自分の気持ちでいっぱいの、幼い幼い私。

翌朝からは、友達の郷里への旅。徹夜明け、朝日を浴びながら駅に向かう。道ばたには、ひょろ長いひまわりが揺れていました。この数週間、ろくに景色も見えていなかったから、全然気づかなかった。私はなぜだかとてつもなくワクワクして、道の真ん中を元気に歩いていきました。

SUMMER & AUTUMN 2009

びんの中味は

11. MAY. 2009

仲良しの編集さんが、仕事でうちに立ち寄ったときのこと。私より4つか5つ年下の彼、「よかったらどうぞ」とバッグから取り出したのは、手作りの大学イモ！
しかも“ボンヌ・ママン”の空きびんに入ってるのがまたかわいい。まだほかほかのおイモは、表面パリパリで中はほっくり、おふくろの味。仕事が詰まってくると、無性にこういうものが作りたくなるんだって。これには「Fくん、いいねぇ！」と感激。男友達から、手作りの食べ物をもらうことって、ほとんどないからなぁ。以前も女性におすそ分けをして、誤解をされたこともあるんだとか。なんか、わかる。「ちょっといいなぁ」と思っている人にこんなことをされたら、好きになっちゃうかも。それはさておき、手作りのおすそ分けって、格別にうれしいもの。私もいざというときのため、びんをため込む生活です。

びんは、
15分ほど
煮沸消毒。
私も同じころ、
イチゴジャムをおすそ分け。
乙女系男子・Fくん
ミナ・
ペルホネンの
バッグ♡
半日 砂糖をまぶした
イチゴを、あくを取りながら
20分ほど煮るだけ。カンタン!
ご近所さんに小麦粉を
借りたら、
びんに入れて
くれました。
カワイイなぁ。
"ボンヌ・ママン"
バンザイ!

青空ビール

25. MAY. 2009

乃木坂で、友人の展覧会のオープニングパーティー。開始までに少し時間があったので、近くの東京ミッドタウンでお茶をすることにしました。六本木ヒルズに赤坂サカス、この手の複合開発施設にはとんとうとい私ですが、ミッドタウンは好き。すぐ近くの国立新美術館とあわせて、飲食店を中心にときどきのぞきます。この日はあんまりいい天気だったので、お店ではなく、急きょ公園にコース変更。ミッドタウンのすぐ裏は、檜町《ひのきちょう》公園につながっているのだ。青い芝生と、青い空。思わず靴下も脱ぎすて、裸足でビールを楽しみました。こうやって、青空の下で飲むビールって久しぶり。あんまりいい時間だったので、パーティーには大幅に遅刻してしまいましたが。ひと足早い、お手軽ビアガーデンでした。

カップルやグループが気ままに
時を過ごす芝生広場。
すごくいい雰囲気。

YONA YONA ALE
ミッドタウン内の
スーパーで、いろんな
ビールが買える。
左は大ー好きな
軽井沢の「よなよなエール」、
右はハワイの「コナビール」。

東京って
緑が多いなあ。
dotty
気持ちいい～
POTATO CHIPS
ハワイのフラEPポテトチップス。おいしい♡

山が呼んでる

31. MAY. 2009

滝修行の取材をしに、1泊2日で青梅《おうめ》の御岳山《みたけさん》へ。滝行も気持ちよかったけど、「山」がすご一くよかった。滝まで往復1時間の山歩きと、取材終了後に山頂付近を散歩したくらい。それでも、近ごろの仕事地獄で参っていたのが、たっぷり元気をチャージして山をおりることができました。特に、朝の山道の気持ちよさは忘れられない。やわらかい木もれ日がさしこみ、どの木も、葉っぱの一枚までもにこにこ笑っているみたいだった。両親が共にワンゲルをしていたこともあり、「いつか登山がしたい」と憧れをもっていたものの、若いころはやはりつい海を目指していました。最近まわりでも、山に登りたい熱が盛り上がってきています。年を重ねると、人は山を目指すのでしょうか。今度はトレッキングをしに、山に行きたいなぁ。

朝は小鳥の大合唱が聴ける

小さな白いヘビと遭遇

山頂の茶屋は見晴らし最高。
近郊の山・高尾山に比べて
観光地度が低くていい。
花の咲くかやぶき屋根の家
かれんな山野草

忘れちゃいけない

経由地のローマ・フィウミチーノ空港で、最初の入国スタンプ。

22. JUNE. 2009

フィレンツェに行ってきました。1週間留守にするだけなのに、出発前は前倒しの仕事で地獄の日々。なぜ、毎回こんなつらい思いをしてまで旅に出るのだろう……。出発を1週間後に控えた週末。「もう限界」と、飲み会を無理やりねじこんで、出かける準備をしていたとき。突然、あることに気づきました。「パスポートが、切れている」ということに！　顔面蒼白《そうはく》。出発2日前に期限切れに気づき、一緒に旅に行けなかった友達の顔がよぎる。あれは2泊3日のソウル行きだったけど、今回はケタが違う。出かけるのも取りやめ、ふるえる手でパソコンを検索。すると翌日の月曜に書類を提出すれば、出発日の朝に受け取れることが判明。飛行機はラッキーなことに午後の出発です。翌日朝イチで、千葉の実家の母に戸籍謄本を取ってきてもらい、東京駅で受け取ったその足で申請。そして出発日の朝にめでたく受領して、すぐに成田エクスプレスに飛び乗ったのでした。ああ、奇跡的にギリギリに思い出せた自分に乾杯。こんな綱渡りは二度とごめんです。

トランクは宅急便で
成田空港に送りました。
AREZZO
旅先のステッカーを
ペタペタ。
フィレンツェから
列車で1時間の
アレッツォのステッカーが
仲間入り。
はじめての 10年旅券
髪はペッタリ、
くまはクッキリ、この
疲れ切った顔で10年…
日本国
旅券
JAPAN
PASSPORT
5年用の
黒い旅券が
好きだったの。
思い出と、
スタンプが
いっぱい。
チェコから列車で
入ったハンガリー
23.10 05 76
GOTTHARD

神社にて

6. JULY. 2009

今年はルポの仕事が多くて、国内をまわっています。各地の神社仏閣を訪れる機会にも恵まれるこのごろ。上半期で一番好きだったのが、長野の諏訪《すわ》大社。神社そのものもよかったし、おみくじに感銘を受けたから。私はけっこう、おみくじが好き。「交際一もうひと押し」「待ち人一そのうち来る」 とぼけていたり、身もふたもないことが書いてあったりして、おもしろいから。誰が文章を書いているんだろう。お諏訪様のお諭しは「一つのものにこだわりすぎて、役にもたたぬことを思いわずらうな」 ハッ、まさに私のこと！「元気を出して捨てるものは捨て進むべきところへ進め」 ハ、ハイ！きっぱりした言いまわしがおかしいけど、こんな的確なメッセージってそうありません。ありがたや。これだから、やめられない。次の取材で引いたのは、凶だったけど……。

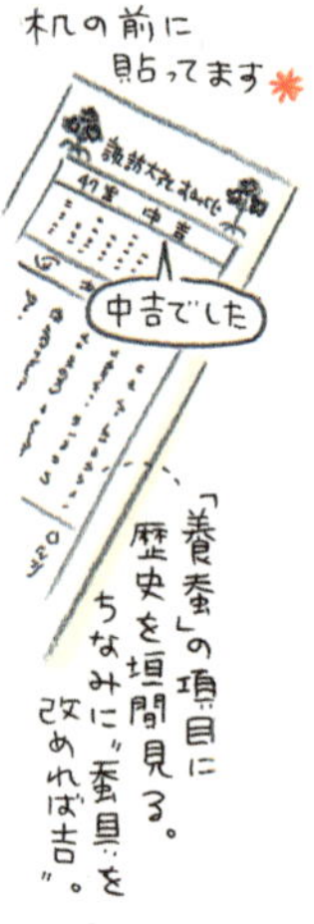
机の前に
貼ってます
中吉でした
「養蚕」の項目に
歴史を垣間見る。
ちなみに"蚕具"を
改めれば吉。"

諏訪大社の4つの宮のひとつ、
「春宮」にたたずむ"万治の石仏。"
岡本太郎が"絶賛"したと
いう、素朴で
味な石仏です。
いいお顔…
看板に、「願い事を唱えながら時計回りに3周」。こういうの、好きー。

ジャッジャッ
……。
願いを込めながら引くのですよ。

昭和のゆうべ

27. JULY. 2009

ビアガーデン、大好き！　今年のお初は九段会館*の「緑のビアガーデン」でした。西洋建築の上に城郭《じょうかく》屋根がつけられた“帝冠《ていかん》様式”の九段会館は、1934年竣工の非常に威厳に満ちた建物。クラシックなロビーからエレベーターに乗り、屋上に出るとそこは昭和のビアガーデン。プラスチックのテーブルセットが雑然と並んだチープな空間。チープなおつまみ。お客は100%、会社帰りのサラリーマン。このギャップがたまらない。そして目玉は、なんといってもバニーちゃん。2、3人のバニーガールが常駐していて、オーダーをとったり料理を運んでくれるのだ。年齢層が微妙に高いとこも、雰囲気にぴったりでいいわぁ。仕事帰りの開放的なおじさんたちの笑顔と、湿気を含んだ風と、武道館の屋根。最高のロケーションで、ジョッキは5杯、6杯……とすすんでゆくのでした。

雲の流れの速い日で、空模様もドラマチック！

九段下にある出版社の面々との飲み会でした。
途中、強風のために耳を外してました。
きさくなバニーちゃんにみんなうれしそう。

＊「九段会館」は現在営業していません。

職場体験

17. AUGUST. 2009

私の小さなアトリエに、10人の中学生がやってきた！　彼らは中2のおいっ子の同級生たち。ＰＴＡの役員をやっている姉を通じて、中学校から「職場体験」を頼まれたのです。ぞろぞろやってきた中学生に車座になってもらい、いかにしてイラストレーターになったかを語り、原画を見せたり描いているところを披露したり。最後にはみんなにもちょっとだけ絵を描かせて、終了。最初は緊張して、「シーン」という感じだった中学生たちも、終わりのころにようやく本性を出してきて、「収入いくらなの？」なんてズバリ聞いてくる男子もいたりして。私のころにはこんな授業、なかったな。うらやましい。中2のときは、インテリアコーディネーターになりたいと言っていた気がする。今日の10人の中から、絵に関する仕事に就く子が出たら、おもしろいのになぁ。

ちなみにおりっ子は「食べられる！」目的で、回転寿司。

皿洗いばかりでつらかったみたいだけど、目的は果たせたらしい…。

いらっしゃいませー

10人に、イラストルポ風にこの日のことを描いて、と課題を出しました。楽しみー。

おやつも出しましたヨ。

男子も3人いました。
私の絵を手本に、10人に合作イラストも描いてもらいました。
しっかりした女子に比べ、男子はまだお子ちゃま風
お手本はこちら→

夏の思い出

2. SEPTEMBER. 2009

夏のおわりにキャンプに行きました。バンガローを借りて、料理を作ったり花火をしたり、寝転がって星を見たりと、大満喫。しかし、出発前に風邪を引いてしまった私。迷ったけど、微熱だったのでマスク着用で強行参加。やっぱりどんどんひどくなってきて、パワーはいつもの半分くらい。翌日、ボーッとしながら海へ向かいました。もちろん水着はおいてきたのだけど、楽しそうに泳ぐみんなを見ていたら、我慢できなくなってしまった。あがってきた男子から海パンを奪い、替えを持っていた子にビキニを借り、海へ突入！その後調子に乗って、ビールまでグビグビ。夜までいたら、体が持たない……と、電車で早引けすることに。いつから、こんなに欲望を抑えられない人間になったのかしら。無茶をしてでも遊びを選んでしまう、自分の今後が心配です。楽しかったけど。

千葉の久留里は満天の星……

拾った枝にパン生地を巻いて、炭火で焼いたパンby Goma（P55参照）
うまーい!!
なにか？
色気もへったくれもなし。
海パンですから…。

山の上のビール

10. SEPTEMBER. 2009

夏のシメとして、高尾山《たかお》の上にあるビアガーデン「ビアマウント」へ。4年前に最後に行ったときは、雨の中を強引に決行したから、すごく楽しみだったんだ。めでたく晴れた当日、長年の夢である登山→ビアマウントを実現させました。大好きなエコーリフトにも乗りたかったので、標高500m（ビアマウント前）まではリフト。残りの山頂までの100mをハイキングしただけなんだけど。のんびり歩いて、往復約2時間。いい感じにノドが渇きました。オープン30分後に並んだのに、1時間半待ち。整理券をもらって、散歩しながら時間をつぶし、さらにノドはカラカラに。待ちに待った一杯は、格別の味！　夜景の向こうに、かすかに花火大会が見えました。それはまるで線香花火のようで、夏のおわりにふさわしい夜でした。

葉つきのかわいい
青ドングリが
たくさん落ちてた。

けっこうなこう配のリフト。
下りなのに横座りして、
なぜか余裕の外国人
キッズ。私の友達は
ヒーヒー言ってたのに…。

プチ弁当も持参
浅漬け
めんたいこおにぎり
梅わかめ
のりは別添です。

山登りともよべないけど、水筒持って、リュックしょって…
雰囲気はそれっぽく！

桜島へ

28. SEPTEMBER. 2009

取材で鹿児島市へ。市内の銭湯の9割が天然温泉という、なんともうらやましい“温泉銭湯”の取材でした。鹿児島で一番印象的だったのが桜島《さくらじま》。今も活動を続ける活火山が、市内からたった4kmしか離れていないことにまず驚いた。間近に迫る大きな火山は、かなりの存在感。その雄大で圧倒的な姿に、一発で魅了されました。温泉などの大きな恩恵をくれる桜島も、住民にとってはやっかいな存在でもあるよう。時期や風向きによっては、洗濯物など絶対に外に干せないし、家にも車にも灰がどんどん降り積もる。それでも、薩《さつ》摩《ま》っ子にとってはふるさとのシンボル。これだけ暮らしの近くに桜島が横たわっていることに、大きな感銘を受けました。それにしても、高校の修学旅行で見ているはずなのに、まったく記憶にないなんて。いかに景色など見ていなかったということか……。

灰
5
道ばたに、灰専用の
ごみ置き場があるのだ!

オペラハウス…ではなく、水族館。

「桜島フェリー」で15分間の船旅。景色を見たりうどんを食べたりで、あっという間。

フェリー内には小さなうどん屋さん。デッキに出ても食べられる。

あっさりおいしい!
さつまあげ入り

お月さま

13. OCTOBER. 2009

中秋の名月の日、ちょうどうちで食事会をする予定だったので、買い出しついでに月見だんごを買いました。女3人で水炊きとぞうすいをたらふく食べたあと、おしゃべりしながらだんごをもぐもぐ。1人は泊まっていったので、夜中に庭で月見としゃれこみました。白い雲がかかったり切れたり、黒い雲にすっぽり隠れたり。月を眺めるのは、子どものころから大好き。ずっとついてくるのが、不思議でしょうがなかった。今は、落ち着くような切ないような、なんとも言えない気持ちになります。女性の体のサイクルに深くかかわるといわれる月。人の気持ちの浮き沈みにまで影響しているのだとか。そういえば翌日の満月の日、イライラした車に立て続けに遭遇したっけ。「月のせいかなぁ」と思うと、普段は頭にくる状況も、笑って見過ごせるのでした。不思議で、大きな月。来年の十五夜は、どんな気持ちで見上げるのだろう。

白い薄雲がレースみたい。
友達がつんできたイヌタデ…
だんご★ユニット
箱をひっくり返すと、三方に！
あんこ
よく考えられてるなぁ。「銀座あけぼの」の"月見だんご"。
デッキでお茶を飲みながら、お月見＊
神秘的な月の光の下、
話は自然と深い内容に…。

COLUMN 3

中学生のみる夢は

幼稚園のころの将来の夢は「絵かきさん」、小学生で「まんが家」、高校生は「イラストレーター」と、かなり一貫していました。夢見る暴走機関車・中学校時代以外は。

中１で突如インテリアに目覚め、雑誌『私の個室』（すごいタイトル）を熟読して、部屋を飾り立てていました。ボックス棚を横に倒し、ピンクの布を巻いたクッションを置いて、ベンチ風にしてみたり。振りむくと、共同部屋にまったくやる気のない姉の、ぐっちゃぐちゃの勉強机が目に飛び込んでくるのですが。そんなわけで、しばらく「インテリアコーディネーターになりたい」なんて言っていたのです。死ぬほど好きだったC-C-B＊に会いたい一心で、一瞬「女優」とのたまったことも（歌は下手だから）。ドラマで共演→結婚！なんて本気で考えるんだから、中学女子の妄想はおそろしい。

中学時代―もっともはずかしく、おバカさんな時代。だけど一番多感で、吸収力も抜群だった。キッチュなものや古いものに惹かれる今の自分の嗜好《しこう》って、あのころからたいして変わっていない気がする。街で中学生の集団を見ると、「人づきあいとか、大変だろうなぁ」と思いつつ、脳天気な腫《は》れぼったい顔に、いとおしさを感じたりします。

＊1985年「Romanticが止まらない」でブレイクしたアイドルバンド。

WINTER & SPRING 2009-2010

タカラヅカ入門

23. OCTOBER. 2009

仕事がきっかけで、すっかりタカラヅカにハマった仲良しの編集Yちゃん。彼女の指南で、“ヅカデビュー”をして参りました。前半は歌劇、後半はレビュー、3時間のめくるめく世界！　やっぱりレビューが、スゴイ。カーニバルやサンバなどブラジルをテーマに、ラテンムード満載のショーを「これでもか！」とたたみかけられ、息つくひまもないほど。あまりの楽しさ、一体感に、感極まってちょっと泣いちゃいました。観客もポンポンをふって参加できる個所があったんだけど、おじさまも（←けっこういる）おばさまも、みんな少女のような表情で、本当にしあわせそうなんだもん。いやー、元気が出ました。出待ちにも参加して、スターとファンのあたたかいふれあいに、再び感動。また絶対、見に行くぞ（ちなみにYちゃんは1カ月の公演中、10回通ったそう。スゲー）！

この羽根と大階段は
人生一度は生で見るべき。
すんごい迫力です。

劇はロシアが舞台。
娘役さんたちの衣装が
かわいい!

雪組のトップ男役、
水 夏希さん。
私服のときも、ハットと
サングラスで、男前〜♡♡

シーズン到来

9. NOVEMBER. 2009

ここ1カ月ほど、大きな仕事に取り組んでいます。そんな私にとって一番怖い敵は、風邪。ぎりぎりのスケジュールが、目の前にぶらさがっているのですから。「マラソン大会、風邪ひかないかなー」なんて切望していた子ども時代は遠い昔です。あぶない思いは何度もしたけど、なんとか初期症状ではねのけています。外出から戻ったときの30秒手洗いと塩水でのうがいはもちろん、ちょっとでも寒気がしたときは、足湯としょうがの出番。体を内から外からしっかりあたためたら、あとは気力のみ。あきらかに熱があっても、「私、風邪引いてませんから！」と言い聞かせるのです（けっこう効く）。それでもだめなら、腹をくくって眠るしかないのですけどね。みなさんも、ご注意あれ！

…絶賛愛用中
"ほぼ日ハラマキ"。
デザインは
「tupera tupera」。
肌触りも伸びもイイ。

内からあたためる
あたためたミルク
濃くいれた紅茶
しょうがのすりおろし小分けして冷凍しておく。
ポイントはたっぷりの黒糖！まろやかな甘みがおいしい〜♡

外からあたためる
ノドを乾燥から守る、ガーゼのマスク。
必須の首まきタオル。ビンボーくさいけど、ストールじゃだめなのよね……。
ぬるくなったら熱湯を足していく。
レッグウォーマーと厚手ソックスで保護！

旅のお買い物

20. NOVEMBER. 2009

取材で金沢《かなざわ》へ行ってきました。目的地は市民の台所、近《おう》江《み》町《ちょう》市場。カラフルなアーケードの下に、鮮魚店や青果店など180もの店が軒《のき》を連ねる大きな市場。朝から夕方まで、地元の主婦や観光客で大変なにぎわいを見せています。海外でも国内でも市場散歩は大好きですが、見物だけじゃなく、本気で買い物をすると楽しさも2倍。今回も加賀野菜や海鮮珍味を、どっさり買って帰りました。葉ものはちょっと心配だったけど、お店の人がたっぷり水をかけてくれたおかげで、10時間後でもピンピンしていました。北陸の旬《しゅん》の味で、しばらく豪勢なごはんが食べられて、しあわせだったな。地方に行くと、スーパーでみそや地物商品を買って帰ったりもします。東京では見かけない、レトロなパッケージのお菓子やラーメンなどなど。旅先での地元気分のお買い物、おすすめです。

打木赤皮甘栗かぼちゃ
塩とだしだけで煮物に。
水分たっぷりのかぼちゃ。

金時草
加賀野菜の中で特にお気に入り。ブタ肉と炒めたり…
独特のぬめりけと歯ごたえがクセになる。
みそ汁に…
葉先の丸い"金沢春菊"。食べやすくておいしい!
市場内の洋品店もenjoy!
迷ってやめた、フリースケープ。
ホクホク
"五郎島金時"はぬれ新聞紙にくるんでホイルで包み、トースターで焼きいも♡
ロシアっぽいバラ柄のルームパンツ。1,050円
野菜を入れて持ち帰った、バラのて女バッグ(頑丈!)。なんと105円

路地さんぽin大阪

17. DECEMBER. 2009

仕事で関西へ。半日スケジュールが空いたので、大阪の中崎町《なかざきちよう》へと向かいました。以前友達から、私の住む西荻窪《にしおぎくぼ》に似ていると聞いて、気になっていたのです。なるほど、普通の町にかわいい雑貨屋さんがちょこちょこあるところは似ているけど、中崎町は数倍ディープ。梅田《うめだ》の隣駅なのに、タイムスリップしたような、昔ながらの下町の風景が残っています。大阪の友達に聞くと「前はなんもない住宅街やった」とのこと。今ではけっこうな数の雑貨店やカフェが立ち並んでいます。「こんなところに？」というような細い路地までお店があって、宝探しをしているような、冒険気分。雑誌から切り抜いたマップを持っていったのだけど、あまりに路地が入り組んでいて、見てもしょうがなかったくらい。迷いながら歩くのが楽しい、散歩道でした。

路地の
ほこらの
奥にも
お店が…

「Kitchen」
でバラの
リング
1,400
円
お買い物
雑貨店で…
あったか靴
2,900円!
お昼は築80年の古民家を
改装したカフェ「Kitchen」で
おばんざいランチ。

酒は呑んでも……

8. JANUARY. 2010

2010年最大の決意は、ずばり「減酒」！　大のビール党で、飲みの席が大好き。けれども特別強いわけではなく、ジョッキ3杯目あたりから、だんだんあやしくなってくる。泣いたり暴れたり、人様に（そんなに）迷惑をかけるわけではないけれど、なにせ翌日がつらい。だいたいのことを覚えているから、「あんなこと言っちゃった」「みっともなかったな……」などと、一日の大半をひとり反省会でつぶしてしまうのです。いったい二十歳のころから何百時間、無駄な時間を過ごしてきたのだろう。この年末の幾度目かの反省会で、ようやく本気で誓ったのです。飲みの席では「徹底して飲まなければならない」という、なぞの使命感があったのよねぇ。ビールと一生仲良くやっていけるよう、全力で取り組む所存です。

2009年・武勇伝＊

きっさまと オーレーとーはー
……。
「同期の桜」を熱唱しながら
中目黒をかっぽ。
この父の娘ですから…
キャイーン
酔っ払って帰ると、愛犬の足をかじってイヤがらせする。
電柱と闘って、額から流血して帰宅したことも。

2杯飲んだら
ソフトドリンク。
チェイサー（？）で、
常に私の前には
複数のグラス…。
お酒は楽しく！
ジンジャーエール
生ビール
ホットウーロン茶

注意1秒……

25. JANUARY. 2010

今年になってぼんやりしているのか、失せ物が多い。まず正月三日に財布をなくして、ガックリ。お昼を食べたラーメン屋さんに、無事あったんですけどね。その3日後、大好きな手袋を地下鉄車内で紛失。そして二度あることは、三度ある。取材で静岡に向かう新幹線。富士山がきれいだわぁ、と携帯で写真を撮って、のんきに友達に送っておりました。静岡に着いて改札を抜け、待ち合わせの相手に電話しようと思ったら。「携帯が、ない！」大あわてで駅員さんに言うと、「あと2分で出るよ！」 あんな全力疾走、中学生以来。鬼の形相で座席に駆け込むと、あった〜！ 遅刻覚悟で隣駅の掛川《かけがわ》まで行く心の準備はできていたけど、ドアの閉まる寸前で降りることができました。まさに間一髪。3つとも、ほんの2週間のできごとです。ああ、気を引き締めていかねば。

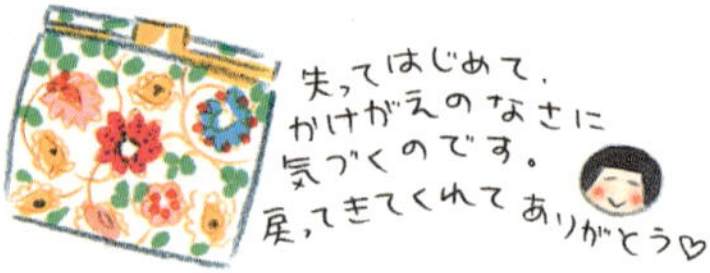
失ってはじめて、
かけがえのなさに
気づくのです。
戻ってきてくれてありがとう♡

ゼェ
ゼェ
久しぶりにノドから
血の味がしました。
停車時間の長い
「こだま」でよかったー。
私の派手な
携帯が、座席で
一層輝いて
見えました。
デザインが気に入らず、
ラインストーンシールなどで
デコデコ。

旅先では
帽子をなくす！
昨年フィレンツェで
消えた帽子……。
友達のおさがりだった。以前も
おさがりのストールを、電車でなくしたなぁ。

私のおひな様

8. FEBRUARY. 2010

ひな祭りの思い出って、ほとんどありません。ごく幼少期に、七段飾りを飾っていたのはなんとなく覚えていて、姉のだと思っていたら、最近母のものだったことが判明。そういえば妙に古びていて、顔が怖かった。思い入れもあまりなかったのだけど、取材でひな人形の産地・静岡を訪ねて文化を知ると、がぜん興味が出ました。最近は大人の女性が、自分のために買うケースも多いそう。私と同じで、“マイひな人形”を持っていなかったクチかしら。私も、去年はじめて自分の人形を手に入れました。宮城・鳴子こけしの工人さんが作った、ひなこけし。今はアンティーク調からギャル風まで、バラエティー豊かにそろっているから、自分らしいものを見つけるのも楽しいもの。なんてったって、おひな様は女の子のお守りなのですから。

古道具店で買った絵馬…かな？
ひな祭りが庶民に広がった江戸中期は、紙製の立ちびな。
…道具は早坂利成さん作。カワイイ〜。
人形は鳴子「加藤こけし店」のデッドストック。
マイおひな様
取材で気に入った"次郎左衛門びな"。
江戸後期にはやった京都のひな人形。シンプル・シック！
現在は向かって左が殿、右が姫の並びが主流。
明治以降の西洋式なんですって。

めがねを買いに

22. FEBRUARY. 2010

めがねをかけはじめた小6以来、ずっと自分のめがね姿に自信がありませんでした。だから学生時代は、かけるのは授業中だけ。それで人違いをしたり、目つきが悪くなったり、ちょこちょこ苦労したっけ。今は外出時はコンタクト、家ではめがねの生活。外にかけていくことはめったになかったので、無頓着に生きてきました。ところが、ものによっては意外と似合うことを、友達のめがねをかけたときに発見。でも視力を測るのがおっくうで、ずっと後まわしにしていたのです。最近めがねを新調した兄に、今はあっという間に測定してくれることを聞いて、10年ぶりにめがね店に足を向けたのでした。それにしても、びっくりするくらい安く買えるのねぇ！　今度は気張って、ちょっといいものも欲しくなってきました。めがね美人を、目指したいものです。

「コレは似合わない」と決めつけない。そして、必ず全身鏡でチェック！
今は裸眼だと0.03くらいかな。
店中のめがねを試す勢い！
めがねを忘れたらー
目尻をひっぱって焦点を合わせる。目頭をつまんで寄せる人もいるよね…。
ハッキリした黒の太フレームをチョイス。セールで、レンズこみで4,000円…！

ご近所さん

8. MARCH. 2010

今のアパートに引っ越して、丸５年。築40年の味のある住まいにひかれてか、物づくりにかかわる世帯が何組か住んでいます。最初の１年は没交渉だったのが、ご近所付き合いの達人・Ｙちゃんが引っ越してきて以来、どんどんと輪が広がっていきました。アパート内の４世帯＋近所の友達も巻き込んで、持ち寄りのごはん会をするのが定例に。調味料を借りたり、気分転換にお茶をしたり、イラストを描くのに急きょポーズを取ってもらったり。同じアパートでこんなふうに仲良くなったのは、初めてのこと。昭和の団地のようなこの付き合いが、本当に大好きだった。それがこの春に、２世帯が転居することになってしまいました。当たり前だけど、つくづく「永遠」てないのだなぁ。どんどん形を変えてゆくからこそ、人生はおもしろいのだけどね。ちょっぴりさみしい、春の訪れです。

103号の姉妹はベーグル屋さん。*
料理も最高においしい！
寄ればいつも大笑い。
この日のメインは生春巻き。せっせとみんなで巻く姿は、まるで町内会の婦人部。
タレはホーチミン(南)とハノイ(北)風2種類と凝ってる。
チリソースベース
ピーナツ味
スープのまったく冷めない距離！
焼きたてのチヂミとサラダ持参で、103号に集合。
夏の、クーラーなしの大そうめん会も忘れがたい…。
錦糸卵、きゅうり、納豆、薬味いろいろ。

*「ポチコロベーグル」西荻窪にショップがオープン（→P122）

まんがブーム

5. APRIL. 2010

最近、まんがづいています。『文化系女子のための少女漫画案内』という本への寄稿をきっかけに、レビューを書くのに思い出のまんがを実家で読み返したり、本のトークイベントに参加したりと、まんが熱が再燃。懐かしい“友達との貸し借り”や、久しぶりに大人買いもしてしまった。何年も遠ざかっていたのにな(『ガラスの仮面』だけは買い続けてた)。先日友達カップルが遊びに来たとき、別々にまんがをプレゼントしてくれました。私が「好きそう」と思う、ふたりのお気に入りの1冊。気が合う友達なら、間違いはなし！　2冊とも大満足のおもしろさでした。本やＣＤを贈るより失敗も負担もないし、まんがのプレゼント、いいなぁ。1、2冊で読み切れるものを、私も誰かにあげたいな。

私ならコレをあげたい。
『河よりも長くゆるやかに』
(吉田秋生)

Kanko
Mashimo
『椿びより』
イシノアヤ
（茜新社）
「BL（ボーイズラブ）入門！」と言われたけど、ほのぼのかわいい。
『アオイホノオ』
島本和彦
（小学館）
自伝的作品。
私のバイブル
『まんが道』
（藤子不二雄Ⓐ）を語り合える仲間。
熱血少年まんが家が主人公。熱い！
島本さんの『燃えよペン』が大好きで、それを言ってなかったのに！ わかってるう。
大人買いしたのは『愛…しりそめし頃に…』1〜8巻！『まんが道』の青春編。
満賀氏の恋…

COLUMN 4

心の書

『まんが道』（藤子不二雄Ⓐ著）がバイブルだ、というイラストレーターやデザイナーに、けっこうな確率で会います。子どものころに、漫画家を目指した人が多いからじゃないかな。両先生の出会いの小学生時代から、立身出世するまでを描いた、青春物語の傑作。初めて読んだのは小学校高学年。中学生のときにＮＨＫでドラマ化されたときは、トキワ荘周辺のエッセイを図書館で借りて、心底憧れたものです。

ちゃんと自分で買って通して読んだのは、イラストレーターとしてデビューしたころ。トキワ荘以前の、２畳の下宿部屋に２人での、壮絶な創作活動、締切りに間に合わないかも……と泣き出したいときに思わず脳裏に浮かぶのが、原稿落としまくり事件。笑い声の擬音が「キャバッキャバッ」だったりする、Ａ先生独特のセンスも最高。

そしてみんなの兄貴分のテラさんの励ましに、たくさんの感銘を受けました。赤塚（不二夫）氏に、「僕ならこの作品から、３つの漫画を書くな」とアドバイスした言葉。描きたいことが多すぎて、つい画面にぎゅうぎゅうに詰め込んでしまう私は、つねづねこの言葉を思い出しては戒めています。好きなことにうちこむ情熱を、いつでも思い出させてくれる大切な本です。

SUMMER & AUTUMN 2010

名古屋の朝

13. MAY. 2010

トークショーのお仕事で名古屋へ。ほとんど遊びの時間が取れなかったのだけど、どうしても行きたかった喫茶店訪問だけは果たせました。雑誌で見て気になっていた「洋菓子・喫茶ボンボン」。創業1949年の、渋すぎる喫茶店です。日曜だったので、名古屋名物のモーニングはありませんでしたが、サンドイッチとミルクコーヒーで朝ごはん。お客さんは地元のおじいちゃんばかり。おしゃべりに興じたり、新聞を読んだり、それぞれに日曜の朝を楽しんでいます。隣には洋菓子売り場がくっついていて、これまたクマのパッケージがたまらなくカワイイ。自分用や友達にと大量に買って帰りました。そこに行けただけで旅は大満足！って思えるお店って、そうはありません。よい時間を過ごせました。

懐かしい味でおいしい。
Walnut
BonBon

＊Bon Bon＊

カッコイイ～
いねむり中のおじいちゃん
ZZZ

ミルクコーヒーにプチエクレアがついてきた。

おまけ
帰りの上郷ICで見つけた最中、"飛騨街道旅がらす"。
皿に立たせて出してみた。
なぜタヌキ？笠とマントがかわいすぎる……。

Bon bon
ボンボン
紙ナプキンとマッチもこんな…シビれる～。

山・入門

10. JUNE. 2010

私の両親は学生時代から登山をやっていて、2人の出会いも山でした。だからずっと山に興味があったのに、なかなかきっかけがつかめなかった。それが昨今の山ブームで、とうとう入門できることに！　某雑誌から、「はじめての登山」のルポを描くお仕事がきたのです。はじめての登山は、ものすごく“しっくり”きました。箱根《はこね》の金時山《きんときやま》は、登山口から眼前に富士山がどーんとそびえる、眺望が最高の山。杉林から降りそそぐ木もれ日、かわいい山野草。どんどん山の世界に引き込まれ、無心に山頂を目指す心地よさ。下りの苦しみのあとの、おいしすぎるビール。なんとも言えない満足感に包まれて、ようやく「趣味」と言えるものにめぐりあえたかも!?　絵以外は何事も続かない自分を信用できず、道具をそろえるのをためらってたけど…バーンといっちゃおうかしら。

2回目の登山は埼玉県
飯能市の「棒ノ折山」。
沢登りが気持ちよかった！
みんなオシャレを楽しんでる
20人を越す
"合ハイ"で
ワイワイ
登りました。
冒険だー
20代男子。
レギンスが
かわいい。
セミオーダーの
革靴が
光ってた。
30代女子。
大きな
ショートパンツ
と、カラフル
なソックスが
キュート。
靴は古着。
←翌日から2日間、
猛烈な筋肉痛。

遊園地の休日

7. JUNE. 2010

「としまえん」に行ってきました！　高校生のころに何度かプールに行ったけど、遊園地は中学生のとき以来20ン年ぶり。言い出しっぺのPくんに引っ張られて、「ちょっと面倒くさいなぁ」と参加したのですが、予想に反してめちゃくちゃ楽しめました。総勢16名でぞろぞろと昼から閉園までの5時間、ひたすら遊具に乗りまくったのでした。フライングカーペットにループコースター、スリルはあっても「気持ちいいー」と余裕で挑めるものばかりなので、それもよかったな。目も開けられずに本気で怖がる男子もいましたが（男のほうが、この手のものに弱い気がする）。私が子どものころからほぼ変わっていないようで、昭和のノスタルジーにもどっぷり浸れました。ちょっとエンジョイしすぎて、夜、ふとんの中でも頭がぐるぐるするのを感じたほど。

遊具の壁画。
99分…エルヴィス・プレスリー。
マラドーナではナイ。
……。

「としまえん」といえば
"フライングパイレーツ"。
2回乗りました

ゆる遊具。
シマウマ…かな？
すごい日射しでした！
かわいいけど、夏は暑くるしい！
Pくんが人数分の
フリーパスを、
事前に
用意してくれた。

夢の国へ！

5. AUGUST. 2010

前回も遊園地の話でしたが、今回はディズニーランド！　1年間の期限付きで帰ってきた*、マイケル・ジャクソンの『キャプテンＥＯ』を見に！　はじめて見たのは高２のとき。片思いをしていた人を誘ってのデートでした。読み方を知らずに「３Ｄ」を「さんディー」と言ってしまい、バカにされたっけ。途中、行列の沈黙がつらかった。結局直後にふられてしまった、ほろ苦い思い出。今回のように女４人でワイワイ、というのははじめてで、いやー、学生時代よりワクワクしたかも。久しぶりの夢の国は、現実に戻るのがちょっと嫌になったくらい。私もすっかり（疲れた）大人になったのかしら。夕方６時から10時のナイトパスで、「もうちょっといたい！」というあたりでおわるのもよかったな。また期間中に、絶対行くつもりです。

肝心のEOは….
ダンサーの'80年代ヘアーに爆笑
&マイケルのかっこおさにうるうる。

イベント時のお約束 the コスプレ

4時間で6つのアトラクションを制覇！ 軽食も食べたし……＊

＊「キャプテンEO」はレギュラー化されました。

小さな旅

26. AUGUST. 2010

暑い暑い夏でした。私は単行本の作業が大詰めで、あまり満喫できませんでした。唯一の夏休みは、日帰りの桐生《きりゅう》への旅。同業の友達6人で、大川美術館に行くのがメインイベント。展示もすごく良かったけど、旅の一番の思い出は「鉄道」。まず桐生までの東武線では、建設中のスカイツリーの真横を通るので大騒ぎ。それから桐生から出ている「わたらせ渓谷鐵道」！
実はかなりの電車好きで、すごく楽しみにしていたんだ。電車は民家のすぐそばをすり抜け、むせかえるような緑の中へ。単線ならではの狭い線路が、まさに緑のトンネルを走り抜ける感じ。途中下車して、渓谷を見下ろす遊歩道を散歩して、駅にくっついた温泉に入って。時間の都合上、奥まではいけなかったけど、夏の旅を大満喫。やっぱり、鉄道はいいなぁ。

水沼駅温泉センター
ベタなマークの看板がかわいい。

＊高津戸峡（大間々駅）＊

UFOが飛んで来そうな
三角形の"はねたき橋"。
夕暮れのまぶしい光と、
ひぐらしの声と……。

チョコレート色の
レトロな車体。
車両にはいろんな
動物の絵♡

＊わたらせ渓谷鉄道＊

おしゃれは楽し

30. SEPTEMBER. 2010

新刊『12ヵ月のクロゼット』のテーマはファッション。私は洋服も買い物も大好きだけど、特別におしゃれなわけではありません。ファッションに関する本を描くなんて、5年前なら考えられなかった。それがここ数年、おしゃれをするのがどんどん楽になってきています。30歳前後のほうが「もう30だから……」とへんに年齢を意識していたのが、すっかり開き直ってきたみたい。レースのかわいいブラウスも、オーバーオールも、着たいから着ちゃうもんね。本作りのために見直してみて、あまりに年齢を無視したワードローブに、我ながら驚愕。でも今現在の自分をきっちり把握さえしていれば、「ツライ若作り」にはならないはず(多分)。おしゃれも仕事も恋愛も、自分を「客観視」することが最大の目標です。どれもむずかしいけど、それがまた醍醐味《だいごみ》でもあるのです。

大ぶりピアス大好き。
9月のたん生日に、自分に
買ったもの。吉祥寺
「musline」の。

本の中でも推奨している"ファッション日記"。
意識的に、同じコーディネートをしないように
心がけます。

安物買いが無上のよろこび。「これ○○円」といちいちふれまわる。
フリマで300円
リュックは15年ものの「エルベ・シャプリエ」。
浅草で買った2000円ブーツ
友達のおさがりブラウス。蝶の刺しゅう♡
夏に買った古着オーバーオール
途中、お気に入りのセレクトショップ「Havane」(参宮橋)でお買い物♡
フランスのブーツ。うしろのあみあげがポイント。2万2,050円
ガバッとした形がかわいいショートパンツ
1万2,810円。

9月21日 グループ展搬入

9月25日 ヨシコのたん生日会

東京☆ナイトクルーズ

27. OCTOBER. 2010

友達に誘われて、はじめて「はとバス」に乗りました！　２階建てのオープンバスで、東京の夜景を走るプチツアー。東京駅から皇居〜国会議事堂、赤坂、六本木のネオン街を走り抜ける。おお、ウワサ通り夜の皇居は女子ジョガーがたくさん走ってるなぁ。よく歩くミッドタウンあたりも、高い目線で見ると全然違って見える。六本木交差点を過ぎると、ふいにまっ正面に東京タワーが現れます。真下から見上げ、大好きなタワーを堪能したら、高速に乗ってお台場を目指します。大迫力のレインボーブリッジを渡り、最後はパレットタウンの大観覧車でシメ。私はこのお台場〜東京タワーの夜景が見たくて、羽田空港からよくバスで帰るんだ。今回は旅行者の目線でたっぷり眺められて、ますます“わが街・東京”が好きになりました。

お台場の大観覧車も初。
スケルトンのボックスもある。
乗ってみたーい。
頂上は
けっこう
コワイ。
六本木通りはドラマチックな光景……

私が乗ったのは「極まるTOKYO夜景」コース。

"オー・ソラ・ミオ"

屋根がないバスで高速走るの、おもしろかった。

田舎のお父さんとデート、女2人で
真夏の夜の散歩、私のまわりにも
けっこう体験者がいました。オススメ！

おわりに

「シティリビング」の連載コラムをまとめるのも３巻目。
タイトルに「道草」とつけたのは、
この３年間が、なかなか悩み多き日々だったから。
上手に気持ちを切り替えられるほうではないので、
しんどい何年かだったけど、
ものすごく貴重な、
何事にも替えがたい道草だったと思っています。
いい歳になってから
「自分を変えなきゃいけない」と思い続けて、
でもできなくて。
「このままでいくしかないし、これでいいんだ」
と思えるまでに何年もかかってしまいました。
けれど、順調なときは、
自分を見つめたりなんかしないもんね。
かっこ悪い自分と向き合ったときこそ
たくさん考えることができると思うと、
くよくよする日々も無駄ではなかった。
今はすっかり楽になって、
本来の道草を楽しむ日々です。

SHOP LIST

P12	全国こけし祭り	開催は毎年9月第一土日 鳴子温泉観光協会 http://www.naruko.gr.jp/ 杉浦さやかさんがイラストを描いた 「鳴子こけし工房めぐりマップ」ご希望の方は マップ代金分の切手（1部50円）と 送料80円切手を同封のうえ、 下記にお送りください。 〒989-6823 宮城県大崎市鳴子温泉字湯元2-1 鳴子温泉観光協会こけしマップ係
P16	AMULET（RICOとHANNAHの取扱店）	東京都杉並区西荻南2-6-10 03-3247-2331 12:00～20:00（年末年始休） http://amulet.ocnk.net/
P20	ふじ屋	東京都台東区浅草2-2-15 03-3841-2283 10:00～18:00（木曜休）
P24	H&M GINZA	東京都中央区銀座7-9-15 03-5456-7070 10:30-21:00（不定休） http://www.hm.com/jp/
P26	SOYBEAN FARM	東京都武蔵野市吉祥寺本町2-15-2 0422-21-0272 11:30～22:00（正月三が日以外無休） http://www.soybeanfarm.co.jp/
P27	松村	東京都中央区築地6-27-6 03-3541-1760 5:00～12:30

P30	紙司柿本	京都府京都市中京区寺町通二条上ル 常盤木町 54 番地 075-211-3481 平日 9:00-18:00　日・祝 9:00-18:00
	村上開新堂	京都府京都市中京区寺町通二条上る東側 075-231-1058 10:00 ～ 18:00　日・祝・第 3 月休
P38	きらきら チャリティ 大パーティ	開催は毎年 12 月第一水 させぼ四ヶ町商店街協同組合 0956-24-4411
P55	料理創作ユニット Goma	http://www.gommette.com/
P60	東京ミッドタウン	東京都港区赤坂 9-7-1 http://www.tokyo-midtown.com/jp/ index.html
P74	ビアマウント	東京都八王子市高尾町 2205 （高尾山海抜 500m 地点） 042-665-9943 夏期限定（詳細は電話で要確認）
P84	ほぼ日ハラマキ	http://www.1101.com/store/haramaki/ index.html
	tupera tupera	http://www.tupera-tupera.com/
P86	近江町市場	石川県金沢市上近江町50 076-231-1462 http://ohmicho-ichiba.com/
P89	Kitchen	大阪府大阪市北区中崎 3-2-10 12:00 ～ 20:00（土日祝は～ 19:00　月休）

P95	加藤こけし店	宮城県大崎市鳴子温泉上鳴子 23 0229-83-4495
	早坂こけし店	宮城県大崎市鳴子温泉字湯元 26-18 0229-83-2548
P99	ポチコロベーグル	東京都杉並区西荻南 2-22-4　2F 03-5941-6492 11:00 ～ 19:00（火・水休） http://www.pochicoro.com
P104	洋菓子・ 喫茶ボンボン	愛知県名古屋市東区泉 2-1-22 052-931-0442 喫茶 8:00 ～ 22:00 （日・月・祝は～ 21:00　年中無休） 売店 8:00 ～ 21:00（年中無休）
P108	としまえん	東京都練馬区向山 3-25-1 03-3990-8800 10:00 ～ 17:00 冬季 10:00 ～ 16:00 （休は電話などで要確認） http://www.toshimaen.co.jp/index.html
P112	大川美術館	群馬県桐生市小曾根町 3-69 0277-46-3300 10:00 ～ 17:00（入館は 16:30 まで） 月休（月祝の場合は火休） 12 月 28 日～ 1 月 3 日休 http://www.kiryu.co.jp/ohkawamuseum/ default.htm
	わたらせ渓谷鐵道	0277-73-2110 http://www.watetsu.com/

P112	水沼駅 温泉センター	群馬県桐生市黒保根町水沼 120-1 0277-96-2500 11:00 ～ 20:00（入浴時間）
P114	musline	東京都吉祥寺本町 4-14-15　スワンハイツ1F 0422-20-6292 12:00 ～ 19:00（火休。臨時休業あり） http://www.brown-plus.com/
P115	Havane	東京都渋谷区代々木 3-37-2-1F 03-3375-3130 11:00 ～ 20:00（火休。臨時休業あり） http://www.havanejp.com/
P116	はとバス	03-3761-1100 8:00 ～ 20:00（予約センター・年中無休） http://www.hatobus.co.jp/

※基本的に、住所・電話番号・営業時間・HP の順番に並んでいます
※（　）内は、定休日

本書は、シティリビングの連載「つれづれダイアリー」2008年6月27日分から2010年11月19日分までをまとめ、加筆したものです。
＊本文中の価格などの商品情報、事実関係などは連載当時のものです。変更されている場合もあります。

一〇〇字書評

切り取り線

購買動機（新聞、雑誌名を記入するか、あるいは○をつけてください）

□（　　　　　　　　）の広告を見て	
□（　　　　　　　　）の書評を見て	
□ 知人のすすめで	□ タイトルに惹かれて
□ カバーがよかったから	□ 内容が面白そうだから
□ 好きな作家だから	□ 好きな分野の本だから

●最近、最も感銘を受けた作品名をお書きください

●あなたのお好きな作家名をお書きください

●その他、ご要望がありましたらお書きください

住所	〒				
氏名		職業		年齢	
新刊情報等のパソコンメール配信を 希望する・しない	Eメール	※携帯には配信できません			

あなたにお願い

この本の感想を、編集部までお寄せいただけたらありがたく存じます。今後の企画の参考にさせていただきます。Eメールでも結構です。

いただいた「一〇〇字書評」は、新聞・雑誌等に紹介させていただくことがあります。その場合はお礼として特製図書カードを差し上げます。

前ページの原稿用紙に書評をお書きの上、切り取り、左記までお送り下さい。宛先の住所は不要です。

なお、ご記入いただいたお名前、ご住所等は、書評紹介の事前了解、謝礼のお届けのためだけに利用し、そのほかの目的のために利用することはありません。

〒一〇一－八七〇一
祥伝社黄金文庫編集長　吉田浩行
☎〇三（三二六五）二〇八四
ohgon@shodensha.co.jp

祥伝社ホームページの「ブックレビュー」からも、書けるようになりました。
http://www.shodensha.co.jp/bookreview/

祥伝社黄金文庫

道草《みちくさ》びより

平成23年7月25日　初版第1刷発行

著　者　杉浦《すぎうら》さやか
発行者　竹内和芳
発行所　祥伝社《しょうでんしゃ》
〒101－8701
東京都千代田区神田神保町3－3
電話　03（3265）2084（編集部）
電話　03（3265）2081（販売部）
電話　03（3265）3622（業務部）
http://www.shodensha.co.jp/

印刷所　萩原印刷

製本所　ナショナル製本

造本には十分注意しておりますが、万一、落丁・乱丁などの不良品がありましたら、「業務部」あてにお送り下さい。送料小社負担にてお取り替えいたします。ただし、古書店で購入されたものについてはお取り替え出来ません。

Printed in Japan　© 2011, Sayaka Sugiura　ISBN978-4-396-31549-8 C0195

杉浦さやか

祥伝社黄金文庫のベストセラー

ベトナムで見つけた
かわいい・おいしい・安い！

人気イラストレーターが満喫した散歩と買い物の旅。
カラーイラスト満載で贈る、ベトナムの楽しみ方。

東京ホリデイ
散歩で見つけたお気に入り

杉浦さんがてくてく東京を歩いて見つけた
“お気に入り”の数々。
街歩きを自分流に楽しむコツが満載。

よくばりな毎日

小さい、大きい、甘い、ほろ苦い、
よくばりな50粒のお楽しみ！
毎日を楽しむヒントがいっぱいです。

わたしのすきなもの

さあ、今日は何をしようかな。
わくわくと1日が動き始めます。
自分なりの毎日を大切に楽しむ「こたえ」が見つかります。

祥伝社黄金文庫